zoe
Beste Freundin
Feen
KÖNIGIN
attement
Tendu
Flickflack
Lié
Schokoladen
Kuchen!

Meredith Costain

ELLAS WELT

Ich danke Gemma Dean-Furlong und dem Leseklub der Gold-Street-Grundschule. - M. C.

Für Jade, Zoe und Ray. Unsere Frühstück-und-Ballett-Tage am Samstagmorgen finde ich toll. – D. M.

MIX
Papier aus verantwortungsvollen Quellen
FSC® C083411

Dieser Titel ist auch als E-Book erschienen

Titel der australischen Originalausgabe:
„Ella Diaries – Ballet Backflip"

Umschlaggestaltung: Tanja Østlyngen
Einband-/Umschlagmotiv: Danielle McDonald
Satz und Lettering: Ortrud Müller, Die Buchmacher –
Atelier für Buchgestaltung, Köln
Gesetzt aus der Sweettie Pie
Druck und Einband: CPI books GmbH, Leck – Germany

Printed in Germany
ISBN 978-3-414-82489-9

2 4 5 3 1

Meredith Costain

Ballett oder Flickflack?

Übersetzung aus dem australischen Englisch von Ann Lecker

Mit Illustrationen von Danielle McDonald

Boje

Samstag, nach dem Abendessen

Liebes Tagebuch,

du wirst mir NIE IM LEBEN glauben, was heute passiert ist!

Ich war wie jeden Samstagmorgen im Ballettunterricht, der hier stattfindet:

(was einfach nur Frau Freis Ballettschule auf Französisch bedeutet, damit es vornehmer klingt.) Nur ist die Schule eigentlich überhaupt nicht vornehm.

Das liegt vor allem daran, dass der Ballettunterricht in unserem örtlichen Pfadfinderheim stattfindet. Das heißt, wenn wir nicht in dem Raum sind, benutzen ihn die Pfadfinder. Und das ist MEGAÜBEL.

Warum es übel ist, sich einen RAUM mit Pfadfindern zu teilen:

1. Pfadfinder sind (meistens) Jungs.

2. Jungs MÜFFELN oft (vor allem, wenn sie durch die Gegend gerannt sind und schwitzige Pfadfinderspiele gespielt haben. Iiiigitt).

(3) Jungs kleben ihre zerkauten Kaugummis unter die Stühle.

(4) Und sie hinterlassen überall auf der Ballettstange, an der wir uns festhalten, wenn wir unsere Demi-Pliés üben (noch so ein vornehmes Wort, diesmal für eine Kniebeuge-Übung).

Jedenfalls, wir waren gerade dabei, uns aufzuwärmen, als Frau (ich meine Madame) Frei uns mitteilte, dass sie eine wichtige Ankündigung zu machen hätte. Natürlich wollten wir alle SOFORT wissen, was diese wichtige Ankündigung war. Aber Madame Frei sagte, wir müssten bis zum Ende der Stunde warten. Und dass sie es uns nur verraten würde, wenn wir uns ganz besonders anstrengten und NICHT SCHLAPPMACHTEN.

Daraufhin mussten wir uns fertig aufwärmen und kniebeugende Plié-Dingsbumse an der Stange und alle unsere Sprünge, Schritte und Pirouetten (die mag ich am liebsten)

durch den Raum machen, bevor wir es herausfinden konnten. Frau Radinsky (die etwa 896 Jahre alt ist) spielte Klimpermusik auf dem Klavier (das noch älter ist), während Madame Frei herumlief und unsere Arme und Beine in die richtige Position brachte oder überprüfte, ob unsere Rücken gerade und unsere Pobacken zusammengekniffen waren.

Beim Ballett den Po rauszustrecken ist DAS SCHLIMMSTE, WAS MAN MACHEN KANN.

Am Ende der Stunde sagte sie, wir müssten uns erst richtig dehnen, bevor sie die wichtige Ankündigung machen würde. Mittlerweile waren alle natürlich total zappelig und platzten fast vor Neugierde. Madame Frei ermahnte uns ständig, RUHIG, RUHIG, RUHIG zu sein, aber wir waren alle PLEM-PLEM-PLEM und surrten wie kleine, in einer Flasche gefangene Ballettbienen umher. Vor allem Zoe und ich. Wir LIEBEN wichtige Ankündigungen (vor allem, wenn es dabei um Schokoladen-Kuchen geht).

Wir machten unsere letzte Dehnübung, und dann war es endlich so weit! Madame Frei drehte sich zu uns – ihre Augen leuchteten wie funkelnde Zwillingssterne – und sagte:

„Kinder, ich habe euch etwas **SEHR, SEHR** Aufregendes mitzuteilen."

Wir sahen uns alle an, und unsere Augen strahlten wie ~~76~~ ~~92~~ ein Himmel voller glitzernder Sterne, während wir uns fragten, was diese aufregende Sache bloß sein könnte.

Mögliche AUFREGENDE sachen, die MADAME uns VERKÜNDEN könnte

1 Unsere École du Ballet ist von einem berühmten Filmproduzenten entdeckt worden, und wir werden alle bald berühmte Filmstars sein.

2 Ein Popstar möchte, dass wir alle als Tänzerinnen in seinem nächsten Musikvideo auftreten.

3 Frau Radinsky geht in Rente.

4 Eine Ballettschuhfirma hat beschlossen, Tanzstipendien von ~~500~~ 10.000 Dollar an uns alle zu vergeben und uns lebenslang mit Ballettschuhen zu versorgen.

5 Eine Werbefirma braucht für einen Fernsehspot für Schokoladenkuchen zwei ausgezeichnete Tänzerinnen, die genauso aussehen wie Zoe und ich.

Und dann begann Madame Frei: „Mädchen und Junge*, wir werden ..."

Ups! Tut mir leid, Tagebuch, Mama ruft mich. Ich werde dir nach dem Abendessen erzählen müssen, was Madame gesagt hat.

* Das ist KEIN Fehler, denn es gibt wirklich nur einen Jungen an unserer École du Ballet. Er heißt Don Tey. Na ja, jedenfalls nennen Zoe und ich ihn so, obwohl wir irgendwann zufällig herausfanden, als wir die Namensliste am schwarzen Brett lasen, dass er eigentlich so buchstabiert wird:

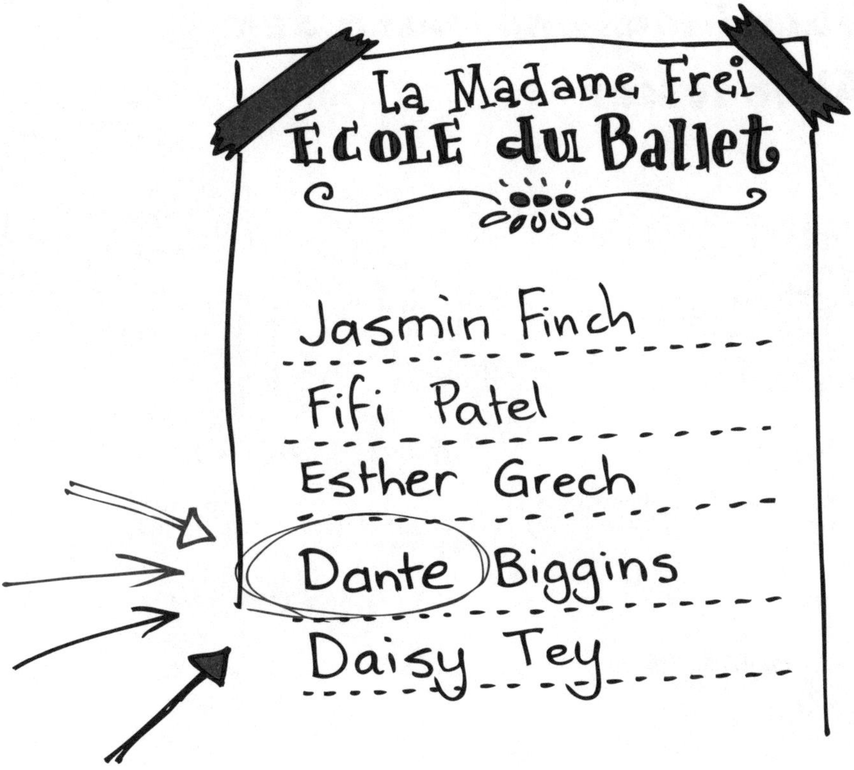

Ups! Er hat echt Glück, dass er Biggins mit Nachnamen heißt und nicht Tey (wie Daisy Tey), sonst würde er Don Tey Tey heißen. ☺

Samstagabend, nach dem Abendessen

Bin wieder da! Also, Madame Freis GROSSE Ankündigung. Na ja, ich kann euch jetzt offiziell bestätigen, dass es KEINE der möglichen Sachen auf meiner Liste war. Kein Filmvertrag und auch keine Videoclips. Oder Stipendien. Oder Fernsehspots für Schokoladenkuchen. ☹

Stattdessen verkündete sie, dass wir bei unserer diesjährigen Ballettgala ein „Tanztheaterstück" aufführen werden, das sie selbst geschrieben hat:

Der Verwunschene Wald. Wir müssen uns alle als Häschen, Kobolde, Pilze und lauter so babyhaftes Zeug verkleiden.

Alle Kleinen aus der Anfängerklasse fingen an, zu kreischen, in die Hände zu klatschen und im Kreis rumzuhüpfen, während sie aufgeregt schrien: „Ohh, ich will ein Häschen sein mit einem flauschigen Schwänzchen. **BIIIITTE**, Madame! Kann ich **BITTE** ein süßes kleines Häschen sein?"

Aber die fortgeschrittenen Schülerinnen wie ich, Zoe und Daisy Tey schauten sich nur **ENTSETZT** an.

Eigentlich finde ich unsere Ballettgalas immer toll. Wir treten jedes Mal in eleganten, fließenden Kostümen wie richtige professionelle Tänzerinnen auf, tragen cooles Make-up und führen wunderschöne Sprünge und Pirouetten auf.

Aber tanzende Pilze? Ääks.

Doch dann kündigte Madame Frei noch etwas anderes an. Etwas, das **viel** aufregender ist. Zwei Kinder aus der fortgeschrittenen Gruppe werden der **Feenkönig** und die **Feenkönigin** sein und einen besonderen Tanz zusammen aufführen, den man Pas de deux nennt (das bedeutet „Tanz für zwei" auf Französisch. Und man spricht es so aus: pah dö döh).

Es ist ziemlich offensichtlich, wer der Feenkönig sein wird, oder?

Genau. Don Tey.

Das ist so unfair. Don Tey würde die Rolle bekommen, auch wenn er der ~~schlechtereste~~ schlechtesteste Tänzer in der ganzen École du Ballet wäre. Und glaub mir, er ist **NICHT SEHR GUT**.

Aber **ALLE ANDEREN** in der fortgeschrittenen Gruppe werden die Feenkönigin sein wollen, damit sie ein fließendes Kleid tragen können und kein Pilz- oder Flauschiges-Häschen-Outfit (auch wenn das bedeutet, dass wir ein Pas de deux mit Don Tey tanzen müssen). Das kann doch echt nicht wahr sein!

Das war's für heute, Tagebuch. Bis morgen.

Sonntagabend vorm Schlafengehen

Liebstes Tagebuch,

Zoe und ich hatten heute bei mir eine Krisensitzung wegen Madame Freis Verwunschener-Wald-Ankündigung. Wir hingen ein Schild an meine Zimmertür, auf dem stand:

* L.M.F.E.D.B. steht für La Madame Frei École du Ballet.
** Olivia ist meine kleine Schwester, die gern ihre Nase überall reinsteckt, vor allem in Sachen, die sie NICHTS ANGEHEN – was meistens der Fall ist.

Wir brauchten einen PLAN. Zoe meinte, wir sollten einen Bittbrief schreiben, wie wir es bei der großen Platztausch-Krise am ersten Schultag gemacht hatten. Aber uns fiel nichts ein, womit wir Madame Frei hätten überzeugen können, etwas anderes als das Tanztheaterstück aufzuführen (also etwas „Ballettigeres" und weniger „Waldiges").

Vor allem, da die ganzen Kleinen es so **FABELHAFT-FANTASTISCH** fanden und Madame Frei es obendrein auch noch selbst geschrieben hatte. ☹

Deshalb hielten wir es für das Beste, dafür zu sorgen, dass eine von uns die Rolle der **Feenkönigin** bekam. Danach könnten wir versuchen, Madame Frei zu überreden, der anderen eine Rolle als Feenkönigin-Assistentin oder Schmetterlingshofdame zu geben. (Irgendeine elegante Rolle, für die man auch ein fließendes Kleid braucht.)

JAA! Das müsste klappen.

Wir beendeten unsere Sitzung mit ein wenig zusätzlichem Balletttraining, damit Madame Frei sieht, dass wir die besten Tänzerinnen für die Rollen der Feenkönigin und ihrer Schmetterlingshofdame sind.

Als Zoe weg war, schrieb ich ein Bildgedicht* über Ballett und heftete es an meine Pinnwand.

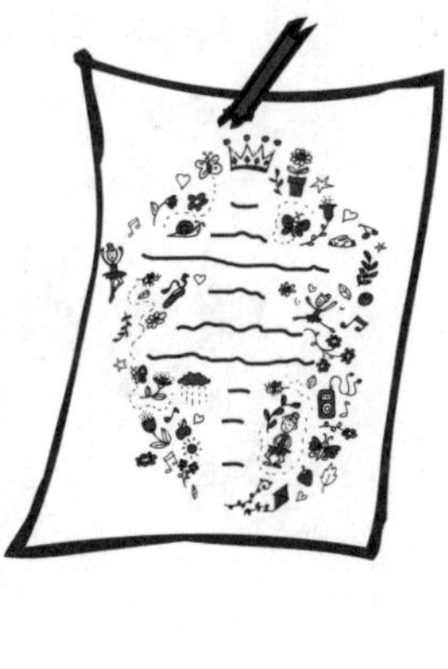

Ich
bin eine
springende
kreiselnde
wirbelnde
drehende
Ballerina
Den ganzen Tag hüpfe, springe und schwebe ich durch den
Raum
wie ein
anmutiger
Schmetterling
Ich strecke die Füße
und breite die Arme aus
mache wunderschöne Muster
auf dem Boden und in der Luft
Ich strecke mein Bein hinter mir aus
und halte es, bis ich bis zehn gezählt habe
eins
zwei
drei
vier
fünf
sechs
sieben
acht
neun
zehn
Ich bin
Tänzerin!

Madame Frei muss mich für die Rolle der Feenkönigin auswählen. Sie **MUSS** es einfach!

* Bildgedichte sind Gedichte, bei denen die Worte die Gestalt der Sache annehmen, die sie beschreiben. Meine wunderbare und außerordentlich talentierte Lehrerin Frau Weiss hat uns gezeigt, wie man sie schreibt. Sie heißen auch „konkrete Gedichte", warum, weiß ich nicht so genau. Auf jeden Fall klingt es nicht besonders poetisch, oder?!

Montag, nach der Schule

Hallo, liebstes Tagebuch,

Kannst du's glauben??? Zoe und ich waren in der Mittagspause auf dem Mädchenklo, als wir Fifi und Jasmin reinkommen hörten.

Zoe und ich sind allerbeste Freundinnen hoch zehn, und das bedeutet, dass wir viele Sachen zusammen machen, wie Pyjamapartys, die gleichen modischen Outfits tragen und zur gleichen Zeit aufs Klo gehen.

Wir konnten sie zwar nicht sehen, weil wir beide hinter geschlossenen Türen in unseren Kabinen saßen, konnten aber alles hören, was sie sagten. Ihre Unterhaltung ging so:

Fifi: Madam Frei wird AUF JEDEN FALL mir die Rolle der Feenkönigin geben.
Jasmin: Träum weiter.
Fifi: Ich träume ganz bestimmt nicht. Ich bin die beste Tänzerin.

Jasmin (lacht wie verrückt):
Ha ha ha ha ha.

Fifi: Na schön. Dann nenn mir irgendjemanden, der besser tanzt als ich.

Jasmin: Ich.

Fifi: Hm. Na schön. Nenn mir zwei.

Jasmin: Kein Problem. Esther. Und Maddy G., Daisy, Ariel, Kitty, Zoe, Chelsea, Maddy M., Cordelia, Carla, Rani, Ella und Don Tey.

Fifi: Was??? NIE IM LEBEN ist eine von denen besser als ich. Vor allem nicht Don Tey. Pff.

Dann wurden ihre Stimmen immer leiser, als sie das Klo verließen. Zoe und ich öffneten unsere Kabinentüren **GENAU** zur gleichen Zeit und gingen zu den Waschbecken. Dann sahen wir uns an und lachten uns wie Hyänen darüber kaputt, was sie gesagt hatten. Sie GLAUBEN zwar, sie wären gute Tänzerinnen, aber **WIR WISSEN ES BESSER.**

Doch während ich lachte, machte ich mir ~~haim~~ heimlich wegen etwas Sorgen, das Jasmin gesagt hatte. In der Liste von Leuten, die besser tanzen als Fifi, hatte sie mich an die vorletzte Stelle gesetzt! Und nur einen Platz vor Don Tey, der, wie schon erwähnt, NICHT der beste Tänzer der Welt ist. Sogar Carla war noch vor mir (und sie gehört zu den Leuten, die **IMMER** den Hintern rausstrecken, egal wie oft Madame Frei ihr sagt, dass sie ihn einziehen soll).

NEEEEEEEEEEEIN!

Was ist, wenn alle anderen an der École du Ballet auch glauben, dass ich eine chancenlose Tänzerin bin? Vor allem Madame Frei!

Ich werde jeden Tag in meinem Zimmer ganz fleißig üben, bis ich gut genug bin, damit sie mir die Rolle der Feenkönigin gibt.

Bis später, liebes Tagebuch.

Dienstag, vorm Schlafengehen

Hallihallo, Tagebuch,

sobald ich zu Hause war, schob ich alle Möbel in meinem Zimmer an die Wände, damit ich genügend Platz hatte, um meine Tanzschritte zu üben. Ich machte eine Menge Pliés

und Jetés

und Battements tendus

und Relevés.*

Dann sagte Mama, dass ich mit Bob Gassi gehen muss. Beim Spazierengehen übte ich weiter meine Ballettschritte.

Es hat Spaß gemacht! (Auch wenn andere Hundespaziergänger mir SEHR merkwürdige Blicke zuwarfen, vor allem, weil ich ein Tutu anhatte.)

Gute Nacht, Tagebuch. Schlaf gut!

* Ballettschritte haben immer ausgefallene französische Namen. Madame Frei sagt, das liegt daran, dass Ballett aus Frankreich kommt. Es wäre echt toll, seinen eigenen Tanzstil zu erfinden und sich Namen für die verschiedenen Schritte zu überlegen – so was wie Ella Boogaloolella oder Zoechen AufmeinenZehchen.

Mittwoch, nach dem Abendessen

Liebes Tagebuch,

als ich heute in meinem Zimmer Battement tendu übte, damit meine Beine, Füße und Zehen richtig stark sind, wenn ich Sprünge mache und mich auf die Fußspitzen stelle, kamen Olivia und ihre Freundin Matilda reingestürmt, obwohl mein

Schild an der Tür hing. Sie machten sich die ganze Zeit über mich lustig und sagten so doofen Babykram, wie „Schau mal, Ella, wir sind wuuunderschöne Ballerinas genau wie du" und „Schau her, ich bin ein Ballett-STAAAR", während sie wild im Zimmer herumhüpften und kichernd auf mein Bett fielen.

Und als ich ihnen sagte, dass sie verschwinden sollen, rannte Olivia zu Mama und verpetzte mich (mit dieser schrillen, weinerlichen Stimme, die sie aufsetzt, wenn sie etwas möchte): „Maa-maa! Ella ist GEMEIN zu mir."

Daraufhin hielt mir Mama einen ihrer berühmt-berüchtigten Vorträge darüber, dass ich nett zu meiner lieben, süßen kleinen Schwester sein sollte, weil ich ja so ein Glück habe, sie zu haben. (Oder auch nicht!) Dann musste ich Olivia und Matilda ein paar pupseinfache Tanzschritte beibringen wie die erste und zweite Position. Pffff. Die sind so einfach, dass sogar die kleinen Ballettratten sie im Schlaf können.

Ich hätte viel schwierigere und superanspruchsvolle Schritte üben sollen, um im Ballettunterricht am Samstag meine technische Überlegenheit zur Schau zu stellen.

Auch wenn es mich letztendlich nicht wirklich gestört hat, ihnen was beizubringen, ist es trotzdem TOTAL UNFAIR!!! Ich bin stinksauer hoch 100.000.

Donnerstag, nach der Schule

Liebes Tagebuch,

heute hat es total geregnet und gestürmt. Der Himmel war voller Blitze und Donnerschläge.

Deshalb verbrachten Zoe und ich die Mittagpause im überdachten Bereich des Schulhofs, anstatt wie sonst B-Ball zu spielen (so nennen wir Basketball).

Das hätte uns überhaupt nicht gestört, wenn da nicht eine Sache gewesen wäre. Meine ehemalige allerbeste Freundin Prinzessin Penny Protz Parker war auch da und saß auf einer Bank gleich neben uns.

EX-ABF →

Also mussten wir uns anhören, wie Penny und ihre Freundinnen Prinny und Jade sich **SUPERLAUT** darüber unterhielten, wie fabelhaft-fabulös-fantastisch sie doch wären. Dann legte sich Penny mit dem Bauch auf den Boden und krümmte sich nach oben, sodass ihre Füße ihren Hinterkopf berührten.

Natürlich mussten dann alle anderen Mädchen rüberkommen und Sachen sagen wie: „Wow, Penny, das ist fanTASTisch!“ und „Du bist so gelenkig, Penny, ich wünschte, ich könnte das auch“ und andere einschleimend-schleimige Sachen. (Ich meine, nach den Hunderten von Stunden, die wir uns in Ballett aufwärmen, bin ich auch ziemlich gelenkig, aber ich würde nie auf die Idee kommen, praktisch vor der ganzen Schule damit anzugeben.)

Dann flüsterte Prinny Penny etwas zu, und Penny sprang auf und fing an, mehrere Flickflacks auf der Stelle zu machen. Einen nach dem anderen. Immer wieder und wieder. Und dann fing sie wieder von Neuem an. Nur machte sie diesmal etwas, das sie Radwende nannte, was ein bisschen wie ein Rad, nur cooler aussah.

Mittlerweile hatte sich eine große Gruppe Schüler zusammengeschart, um sich das anzusehen. Penny beendete ihre Vorführung mit einem letzten Salto. Dann schenkte sie allen ein richtig falsches bescheidenes* Lächeln, als wäre es keine große Sache, dass sie so ein natürliches Talent hatte, und setzte sich dann wieder auf die Bank zu ihren jubelnden Freundinnen.

* Bescheiden bedeutet das Gegenteil von TOTALE ANGEBERIN – aber mich täuscht sie damit kein bisschen.

Zoe drehte sich zu mir, und ihre Augen glänzten wie glänzende Augen. „Hammer", sagte sie. „Wo hat sie DAS bloß gelernt?!"

„Was gelernt?", fragte ich und tat so, als würde ich gähnen. „Diesen langweiligen Trick, den sie mit ihren Füßen gemacht hat, oder dieses Flickflack-Ding?"

„Alles", antwortete Zoe verträumt. Ihre Augen leuchteten jetzt so hell, dass ich mich in ihnen spiegeln konnte. Und ich sah nicht glücklich aus. „Der Flickflack scheint viel mehr Spaß zu machen als die Schritte, die wir beim Ballett lernen."

Was redete sie da bloß? Ballett ist **WUNDERVOLL**! Und vieles, was wir machen – wie zum Beispiel Sprünge, Arabesquen und Pirouetten –, ist genauso fantastisch wie Flickflacks, die man auf der Stelle macht.

Ich sah zu den B-Ball-Feldern hinüber. Der Sturm hatte aufgehört zu stürmen, und der Himmel war wieder klar. Ich packte Zoes Hand.

„Komm", sagte ich zu ihr. „Es hat aufgehört zu regnen. Spielen wir unser B-Ball-Spiel zu Ende." Aber während ich auf dem Feld hin und her rannte und dem Ball nachjagte, dachte ich die ganze Zeit über die Flickflacks nach, die Penny gemacht hatte, und wie toll sie ausgesehen hatten, und überlegte, ob ich das auch hinbekommen könnte.

Muss jetzt mit dem Schreiben aufhören. Mama möchte, dass ich ein bisschen mit Max spiele, weil sie morgen einen wichtigen Abgabetermin** hat, und er unterbricht sie ständig, weil er ihr seine Käfersammlung zeigen will. Bis später, Tagebuch!

** Mama ist Grafikerin. Sie entwirft eine Menge total wichtiges Zeug fürs Fernsehen und für Zeitschriften.

Freitag, nach dem Abendessen

Hallöchen, Tagebuch,

hier sind ein paar interessante Dinge, die ich heute herausgefunden habe:

1 Der Ort, an dem Penny und ihre Freundinnen zum Turnunterricht gehen, heißt Twisters. Es ist ein großes, schönes neues Gebäude hinter dem Supermarkt. Ich kann nicht fassen, dass es mir noch nie aufgefallen ist.

2 Sie gehen schon seit MONATEN dorthin.

3 Ihre Turnstunde ist mittwochs (nach der Schule) und am Samstagmorgen (zur selben Zeit wie meine Ballettstunde).

4 Fünf Mädchen aus der Vierten fangen bei Twisters an, nachdem sie Pennys Vorführung gestern auf dem Schulhof gesehen haben.

Ich muss jetzt los.
Letzte Chance, um noch ein wenig Ballett zu üben! Wünsch mir Glück für morgen.
Ich drück dich!

Samstag, vor dem Mittagessen

Liebstes Tagebuch,

ich kann jetzt nichts schreiben. Ich bin zu ~~bet~~ bestürzt.*

* Bestürzt bedeutet traurig hoch zehn Zillionen. Wie würdest du dich fühlen, wenn du gerade dabei bist, ein gigantisches Stück von etwas zu essen, das du total magst (Schokoladenkuchen zum Beispiel), und es jemand unter einen Bus wirft, wo es völlig

zermatscht wird und sich Dreck und tote (knackige) Käfer mit dem Guss vermischen. Genauso fühle ich mich jetzt.

Samstagnachmittag, ich bin mir nicht 100%ig sicher, wie viel Uhr es ist, und es ist mir auch egal, mein Leben ist vorbei

Liebes Tagebuch,

also gut, ich erzähle dir, was passiert ist. Aber ACHTUNG: Das ist eine sehr, sehr, sehr traurige Geschichte. Du wirst vielleicht Taschentücher brauchen. ☹☹☹

Nachdem ich unter der Woche so viel geübt hatte, hatte ich ein total gutes Gefühl, als ich zu meiner Ballettstunde ging. Ich hatte auch das modischste Outfit an, das ich aus den Sachen in meinem Schrank zusammenstellen konnte (und mit ein wenig Hilfe von meiner Oma Betty, die selbst einmal eine Mode-Ikone war, als sie jung war, irgendwann im Mittelalter). Als i-Tüpfelchen für meinen „Look" überlegte ich noch, mir einen von Olivias Feenstäben auszuleihen, entschied mich aber in letzter Minute dagegen, weil ich nicht wollte, dass sich die anderen Mädchen in der Klasse wegen ihrer Outfits schlecht fühlten.

Lange Handschuhe
Blumen-Girlande
PINKER
Gürtel mit schnalle
Glitzer-strumpfhose
GANZ viel TÜLL

Ich wärmte mich ganz besonders gründlich auf und achtete darauf, dass ich den Hintern zusammenkniff, während ich die Übungen an der Stange machte, vor allem, wenn Madame Frei vorbeilief.

Und als wir Sprünge quer durch den Raum machten, wiederholte ich in Gedanken ununterbrochen diese Worte:

Ich bin die Feenkönigin
Ich bin die Feenkönigin
Ich bin die Feenkönigin
Ich bin die Feenkönigin
Ich bin die Feenkönigin
Ich bin die Feenkönigin
Ich bin die Feenkönigin

Immer wieder und wieder, damit meine
Schritte

L Ä N G E R ,

meine Sprünge

h
ö
h
e
r

und meine Arme
flatteriger, anmutiger
und eleganter sein würden.

Dann klatschte Madame Frei in die Hände und forderte uns auf, vor ihr auf dem Boden Platz zu nehmen. Alle hörten mit dem Springen und Armflattern auf und stürmten zu ihr. Wir setzten uns alle in einem eleganten Schneidersitz hin, die Hände höflich vor uns verschränkt, und sahen erwartungsvoll* zu ihr auf. Zoe und ich zwinkerten uns lächelnd zu, um uns gegenseitig Glück zu wünschen, obwohl wir es natürlich nicht wirklich brauchten.

* Das bedeutet, dass man ganz aufgeregt ist, weil gleich etwas Spannendes oder Interessantes passieren wird. Zum Beispiel schaute mein kleiner Bruder Max unseren Golden Retriever Bob ständig erwartungsvoll an, weil er glaubte, Bob würde Welpen bekommen wie Molly, die Hündin von nebenan, die richtig fett und rund wurde, kurz bevor sie sie zur Welt brachte. Aber Bob ist nur fett, weil er immer mitten in der Nacht unsere Vorratskammer plündert.

Zuerst sagte uns Madame Frei, dass wir unglaubliches Glück hätten, in diesem aufregenden neuen Ballett mitzutanzen. Und dann teilte sie uns unsere Rollen mit. Während sie die Namen vorlas, war aufgeregtes Gekreische zu hören (hauptsächlich von den Kleinen), als sie erfuhren, ob sie Häschen, Rehkitze, Frösche (äääks), Amseln oder Zauberbäume sein würden.

Und dann sprach sie die **VERNICHTENDEN WORTE** aus, die mein Leben für immer veränderten.

„Die Namen der talentierten Schüler, die den Feenkönig und die Feenkönigin tanzen werden, sind ..."
(Alle in der fortgeschrittenen Klasse sahen hoffnungsvoll zu ihr auf.)

„Don Tey Biggins"
(keine Überraschung)

„und ..."

(Ich hielt die Luft an und wartete darauf, dass mein Name über ihre Lippen kam.)

„Esther Grech!"

NEEEEEEEEEEEEEEEEEEEIN!

Ich drehte mich zu Zoe, mein Gesicht eine Mischung aus Schock, Entsetzen, Verwunderung, Erstaunen, ~~Fahsun~~ Fassungslosigkeit und Ungläubigkeit. „A-aber ...", stammelte ich, weil ich so überwältigt war von den ganzen Dingen, über die ich gerade geschrieben habe, dass ich kaum sprechen konnte. Dann riss ich mich zusammen und flüsterte: „Esther kann nicht die Feenkönigin sein. Das geht einfach nicht. Und was werden wir sein? Madame hat unsere Namen nicht genannt."

Und dann kam mir ein Gedanke. Vielleicht gab es ja zwei Rollen, die **NOCH BESSER** als die Feenkönigin waren und die Madame Frei speziell für uns, ihre besten und verlässlichsten Tänzerinnen, geschrieben hatte. Rollen, bei denen wir über die Bühne springen und schweben konnten wie Primaballerinen.

Aber Zoe sagte, sie hätte unsere Namen schon aufgerufen. Ich hatte es nur wegen des ganzen aufgeregten Gekreisches der flauschigen Häschen-Truppe nicht gehört.

Zoe würde ein Frosch sein.

Und ich?

Ich würde ein Zauberstein sein.

Samstagabend, sehr spät, so spät, dass sogar Mama und Papa schon schlafen. Das weiß ich, weil ich Papa durch die Wand schnarchen höre

Wie konnte mir Madame das ANTUN, Tagebuch?

Samstagabend, noch später

Steine tanzen nicht mal. Sie liegen einfach nur rum und schauen steinig aus.

Sonntag, mitten am Nachmittag

Tut mir leid, kann dir gerade nichts erzählen, Tagebuch.

Ich habe alle Hände voll zu tun, hier mucksmäuschenstill rumzusitzen und meinen Stein-Tanz zu üben.

Montag, vorm Schlafengehen

Madame Frei ist so gemein,
Lässt mich nicht die Feenkönigin sein.
Jetzt bin ich traurig und bedrückt.
Ein Stein zu sein mich nicht entzückt.

Mittwoch, nach dem Abendessen

Liebstes Tagebuch,

heute war kein guter Tag. ☹☹☹

Zuerst einmal war Olivia wieder in meinem Zimmer. Sie muss wohl reingeschlichen sein, während ich Mama beim Abendessenkochen geholfen habe.

Ich weiß das, weil …

1 mein Zimmer nach dem schrecklichen Pseudo-Lipgloss riecht, mit dem sie und ihre Freundin Matilda sich immer gegenseitig schminken, wenn sie Verkleiden spielen.

2 Sachen von meinem Schreibtisch genommen und an eine etwas andere Stelle zurückgelegt worden sind.

3 ein paar meiner Kleiderbügel in meinem Schrank in die andere Richtung zeigen.

4 eins meiner Bücher, Mein bestes Ballettbuch, aus dem Regal genommen und an die falsche Stelle zurückgestellt worden ist. (Neben „Werde eine Modeikone in 46 einfachen Schritten", was die VÖLLIG falsche Ecke dafür ist.)

Ich wollte sie gerade bei Mama verpetzen, als Papa den Kopf durch meine Tür steckte. (Hat er noch nie was von ANKLOPFEN gehört??!!)

„Zoe ist für dich am Telefon, Ell Pell", sagte er und reichte es mir. (Ich kann es NICHT AUSSTEHEN, wenn er mich so nennt.)

Sobald Papa das Zimmer verlassen hatte und ich mir sicher war, dass er außer Hörweite war, flüsterte ich (nur für den Fall, dass er es doch nicht war): „Hi, Zo. Ich bin's."

„Weißt du was??!!", schrie mich Zoe praktisch an.

Ich dachte scharf nach. „Madame Frei hat ihre Meinung geändert und mich doch zur Feenkönigin gemacht?"

„Nö", trällerte Zoe. „Ich war bei Twisters!"

Und dann erzählte sie mir die ganze Geschichte. Wie traurig sie darüber war, dass sie ein Frosch sein musste. Und wie sie die ganze Zeit an Pennys tolle Flickflacks denken musste. Und wie sie ihre Mama überzeugt hatte, sie zum Turnen gehen zu lassen, damit sie ausprobieren konnte, ob es ihr gefiel.

„Es war GROSSARTIG", behauptete sie steif und fest. „Und es hat SPASS gemacht. Du würdest es LIEBEN. Ich gehe Samstagmorgen wieder hin. Komm mit, Ell. Bittebittebitte?"

Ich erinnerte sie daran, dass am Samstagmorgen unsere Ballettstunde bei Madame Frei war. Wie konnte ich da bitte schön mitkommen? Außerdem würde ich darauf ZÄHLEN, dass sie auch da sein würde, um mir bei der Verarbeitung des Schocks zu helfen, dass ich den langweiligen Steintanz lernen muss, während Esther Grech mit einem breiten fetten Grinsen im Gesicht durch die Gegend hüpft und ein Pas de deux mit Don Tey tanzt.

Dann erinnerte Zoe mich daran, dass das überhaupt nicht großartig **ODER** spaßig klang. Und dass sie **UNNACHGIEBIG*** wäre und auf jeden Fall stattdessen zu Twisters gehen würde. Und wenn ich nicht mitkommen würde, wäre ich keine sehr gute Freundin.

Und dann erwiderte ich, dass, wenn sie nicht mit zum Ballett kommen würde, sie keine sehr gute Freundin wäre.

* Unnachgiebig bedeutet, dass man sich bei einer Sache fest entschieden hat und es einem niemand ausreden kann, **egal, was passiert.** (Als ich ~~sieben~~ ~~sechs~~ jünger war, war da auch mal diese sehr nette, freundliche Ameise, die unnachgiebig versuchte, in die Schuhschachtel zu klettern, in der ich Petronia, meine Haus-

Gottesanbeterin,
aufbewahrte. Aber
als sie es endlich schaffte, blieb die Ameise nicht lange da drin. Ich bin mir nicht 100%ig sicher, ob es daran lag, dass es ihr da nicht gefiel, oder daran, dass sie von Petronia gefressen wurde. ☹

Danach hatten wir uns nicht mehr viel zu sagen. Also legten wir beide auf.

UAAAAAAHHHHHHHHH

Donnerstagmorgen, vor der Schule

Hab nichts zu sagen.

Donnerstagnachmittag, nach der Schule

Immer noch nicht.

Freitag, vorm Schlafengehen

Ich hatte mal 'ne Freundin, die hieß Zoe.
Ein Herz und eine Seele war'n wir, nie verkracht.
Jetzt schlägt sie lieber Purzelbäume und Räder, sagt, dass Ballett ihr keinen Spaß mehr macht.

Samstagnachmittag, in meine Steppdecke gekuschelt

Hallo, Tagebuch,

ich bin heute Morgen zum Ballett gegangen. Während des Aufwärmens und an der Stange hielt ich den Platz neben mir frei, für den Fall, dass Zoe nicht mehr unnachgiebig darauf beharrte, zu Twisters zu gehen, und stattdessen beschloss, mit mir – ihrer wahren und für alle Zeiten allerbesten Freundin und Ballettkameradin mitzukommen. Aber sie tauchte nicht auf.

Als wir mit unseren Bodenübungen fertig waren, wusste ich mit Sicherheit, dass sie nicht kommen würde. Ich musste die ganze Sache allein durchstehen.

Wir tanzen den Steintanz zu viert: ich, Carla (die Po-Rausstreckerin), Fifi und Daisy. Madame Frei hat uns die Schritte beigebracht. Die meisten waren ziemlich einfach: viele Sautés (kleine Sprünge auf der Stelle) und Sprünge, bei denen man von einem Fuß auf den anderen hüpft und die Petits Jetés heißen. Die machten wir, während wir mit über dem Körper verschränkten Armen Hände hielten wie die Tänzerinnen in Schwanensee. Das machte irgendwie Spaß, vor allem, als Carla und ich uns ständig gegenseitig auf die Zehen traten, während wir die Schritte lernten.

Ich fing an zu glauben, dass es doch nicht so schlimm war, ein Stein zu sein – bis ich die Entwürfe für unsere Kostüme sah.

Sie sind HÄSSLICH. HÄSSLICH. HÄSSLICH.

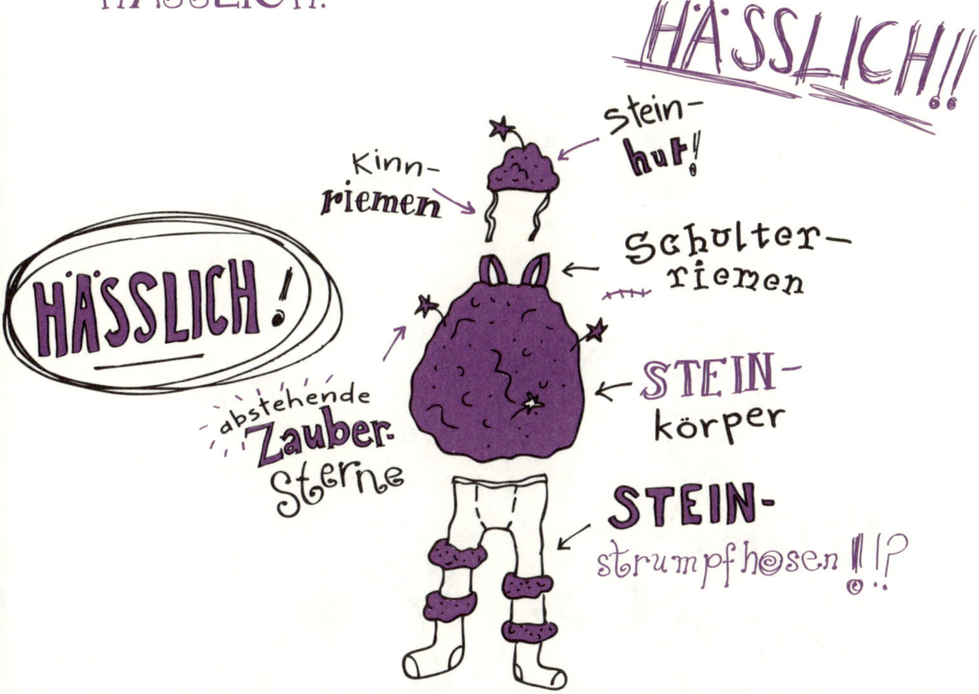

Jedes Mal, wenn ich an die Kostüme denke, möchte ich losheulen. ☹☹☹

Und dann passierte etwas total Merkwürdiges. Madame Frei fragte mich, ob ich ihr helfen könnte, den Kleinen ein paar Schritte beizubringen.

Mich.

Das Mädchen, dem sie die Rolle eines Steins gegeben hatte.

Doch sie meinte, sie hätte mich ausgewählt, weil sie mich für „sehr verantwortungsbewusst" hält und glaubt, dass ich eine gute Lehrerin wäre. Sie möchte auch, dass Zoe mithilft (aus demselben Grund). Leider musste ich ihr erklären, dass ich nicht 100%ig sicher bin, dass Zoe jemals wieder zurückkommt. (Mir stockte die Stimme ein wenig, als ich das sagte, ich weiß aber nicht, ob es ihr aufgefallen ist.)

Jetzt muss ich also nicht nur den Tanz der Steine ohne Zoe machen, sondern auch 25 aufgeregten, kreischenden kleinen Mädchen mit klebrigen Händen und schlechter Haltung den Tanz der flauschigen Häschen beibringen. Ohne Zoe.

Das wird **SCHRECK-FURCHTHAFT!***

* Das Wort „schreckfurchthaft" habe ich erfunden und ist eine Mischung aus schrecklich, furchtbar und grauenhaft hoch hundert.

Samstagabend, im Bett

Hi Tagebuch,

kennst du dieses Gefühl, wenn alles so schrecklich schiefläuft, dass man glaubt, man würde in Millionen Stücke zerspringen und für immer und ewig im Universum treiben?

Und dann passiert etwas noch ~~schlechterereres~~ schlechtereres, und es gibt keine Worte, die schreckfurchthaft genug sind, um es zu beschreiben.

Beim Abendessen erzählte ich Mama und Papa, dass Madame Frei mich gebeten hat, ihr zu helfen, den Ballettknirpsen den Häschentanz beizubringen, weil sie mich für „verantwortungsbewusst" hält. (Mama und Papa hören so was **SUPERGERN**.)

Und dann sah Olivia mich mit diesem großen dämlichen Grinsen im Gesicht an und sagte: „Hey, Ella! Bring's doch erst mal **MATILDA UND MIR** bei! Das wird bestimmt **LUSTIG**!"

Mama sagte, dass das eine ausgezeichnete Idee wäre und wir morgen anfangen könnten. Außerdem – Schock schwere Not – bräuchte sie eine Menge Zeit für sich, weil sie einen weiteren Abgabetermin hätte, deshalb müssten wir es **IN MEINEM ZIMMER** machen!!!

Alle beide. Olivia **UND** Matilda werden wie Häschen in meinem Zimmer rumhoppeln, wo ich alle meine wertvollsten Dinge aufbewahre. (Wie dich … pssssst.)

Warum, Tagebuch? Warum?

Sonntag, vorm Schlafengehen

Liebes Tagebuch,

nur eine Person konnte mir helfen, diesen schrecklichen Tag zu überstehen.

Zoe. 

Sie zu überreden, zu mir zu kommen, würde aber nicht einfach werden, weil wir nicht mehr miteinander geredet hatten, seit wir beide vor vier Tagen, zwei Stunden, 32 Minuten und 14, 15, 16 Sekunden (nicht dass ich mitzähle oder so) einfach aufgelegt hatten. NICHT MAL in der Schule!

Ich drückte alle Finger und Zehen und rief sie an.

Unsere Unterhaltung lief so:

Ich: Hallo?

Zoe: Wer spricht da?

Ich: Ich.

Zoe: Tut mir leid. Ich glaube nicht, dass ich dich kenne.

(Ich WUSSTE, dass sie es mir schwermachen würde.)

Ich: Hier ist Ella.

Zoe: Ella? Die fiese Ella, die nicht mit mir zu Twisters gehen und Spaß haben will?

(Das ist SO **UNFAIR!!** Ich will **IMMER** Spaß haben!)

Ich: Nein. Ella, deine beste Freundin, die heute dringend deine Hilfe braucht, weil sie sonst einen qualvollen Tod sterben wird aus Verzweiflung, Bestürzung und Vernichtung.

Zoe: Echt jetzt? Was ist passiert?

Puh! Zoe redete endlich wieder mit mir!

Ich erklärte ihr, dass Mama mich zwang, Olivia und Matilda den Häschentanz in meinem Zimmer beizubringen, und wie schreckfurchthaft schon alles war und dass ich einen tragischen Tod **STERBEN** würde, wenn sie nicht rüberkam, um mir zu helfen.

Und Zoe hörte auf, unnachgiebig zu sein, was das Nie-mehr-mit-mir-reden-wenn-ich-nicht-mit-ihr-zu-Twisters-ging betraf, und willigte ein, rüberzukommen, um mir zu helfen.

Da sieht man mal wieder, dass sie EINE WAHRE FREUNDIN ist.

Dieses viele Schreiben ist SEHR ERSCHÖPFEND, liebes Tagebuch. Deshalb muss ich jetzt aufhören und den Rest morgen aufschreiben.

Gut' Nacht
Schlaf sacht
Sich mit Freunden zu streiten
Keinen Spaß macht

Montagmorgen, immer noch im Bett, kurz bevor ich aufstehen muss, um in die Schule zu gehen

Guten Morgen, liebstes Tagebuch!

Also, alles wurde VIEL FRÖHLICHER UND BESSERER, als Zoe rüberkam, um mir zu helfen. Wir brachten Olivia und Matilda Pliés bei

und Pirouetten

und Arabesquen

und wie man im Zimmer herumspringt
und mit dem Schwanz wackelt, wie es die
flauschigen Häschen im Verwunschenen Wald
machen werden.

~~Aige~~ Eigentlich machte es sogar irgendwie Spaß (was ich Olivia aber NIE IM LEBEN sagen würde), auch wenn es zu viert in meinem Zimmer ein wenig eng war.

Nachdem wir mit unserem Ballettunterricht fertig waren, gingen wir raus in den Garten, und Zoe zeigte uns ein paar der Dinge, die sie bei Twisters gelernt hat.

Sie machte Kopf- und Handstände gegen einen Baum.

Dann schlug sie Räder von einem Ende des Gartens zum anderen und endete mit geschlossenen Beinen mit einer Radwende. Sie erzählte uns, dass ihre Gruppe auch bald anfangen würde zu lernen, wie man Flickflacks macht.

Ich möchte UNBEDINGT lernen, wie man das alles macht – es ist fanTASTisch! So viel besser als der langweilige alte Steintanz. Seinen Körper mit dem Kopf nach unten und dann so rüber zu wirbeln, sieht irgendwie furchterregend aus, aber wenn ich es richtig fleißig übe, könnte ich es bestimmt auch schaffen. Ich muss nur einen Weg finden, um ...

Montag, nach der Schule

Liebstes Tagebuch,

jetzt wo so viele Kinder zu Twisters gehen, ist wohl Turnen der neue Wahn an unserer Schule. Daisy erzählte uns, dass unsere Sportlehrerin, Frau Finfinger, seit Kurzem in der Mittagspause eine Turn-AG in der Sporthalle leitet. Also beschlossen wir, uns das mal anzusehen!

Wir lugten durchs Fenster in die Sporthalle, um zu sehen, was da so vor sich ging. Frau Finfinger hatte die Sportmatten ausgelegt, und Prinny und Jade zeigten allen, wie man einen Handstand mit Hilfestellung macht, der in einer Vorwärtsrolle endet. (Dann versuchten es ein paar der anderen Kinder, aber sie machten es TOTAL SCHLECHT, denn ihre Arme und Beine standen in alle Richtungen ab anstatt richtig angelegt zu sein – als würde ein Oktopus Purzelbäume machen.)

Penny ging einen Schwebebalken entlang, und dann machte sie etwas, das **GENAU WIE EINE ARASBESQUE** aussah!!! Dieselbe Art von Arabesque, die ich **SEIT JAHREN** an der École du Ballet mache!

Zoe sauste in die Sporthalle und zog mich hinter sich her. „Komm schon, Ella", flüsterte sie. „Wenn Penny das kann, können wir das auch. Nur besser."

Aber es gibt einen GROSSEN Unterschied, ob man auf einem Bein balanciert und das andere in der Luft hält, während man auf dem sicheren Boden oder auf einer winzigen, superschmalen Holzplanke steht.

Räder

Ich beobachtete Penny, die jetzt auf dem Balken Spreizsprünge machte und Räder schlug, und dann sah ich wieder zu Zoe.

Spreizsprünge

„Du meinst eine Arabesque DA OBEN auf dem BALKEN?"

Zoe nickte. „Ich hab's am Samstag ausprobiert. Nicht die Räder. Die kann ich noch nicht auf dem Balken. Aber ich habe eine Arabesque darauf gemacht und andere Sachen, bei denen man ein Bein in die Luft strecken muss. Ella, es war fanTASTisch! Und es gibt noch viele andere Turnübungen, die genau wie Ballettschritte sind. Nur machen sie 100% mehr Spaß!"

Penny war auf dem Schwebebalken fertig und machte jetzt wieder auf der Bodenmatte Bogengänge und diese Flickflacks, die aussahen, als würden sie eine Menge Spaß machen.

Und da traf ich eine Entscheidung. Ich würde auf keinen Fall ein bescheuerter Zauberstein sein, wenn ich stattdessen etwas richtig Cooles machen konnte. Daher werde ich mit Ballett aufhören und mit Turnen anfangen.

Montag, vor dem Abendessen

Es gibt nur ein winzig kleines Problem. Ich muss Mama überzeugen.

Aber ich habe EINEN PLAN.

Wünsch mir Glück, liebes Tagebuch.

Montag, nach dem Abendessen

Leider hat mein Plan nicht funktioniert.

Hier ist ein kleiner Ausschnitt von dem, was passiert ist.
Stell dir vor: der Abendessentisch ist liebevoll mit unserem besten Geschirr und

ein paar Blumen aus dem Garten in Mamas Lieblingsvase gedeckt.

Ich: Mama?

Mama: Ja, Ella.

Ich: Das Logo für diese neue Website, an der du gearbeitet hast, sieht **ECHT** gut aus.

Mama (klingt erfreut): Danke, Ella.

Ich: Du kannst **WIRKLICH** gut Sachen entwerfen.

Mama (strahlt): Danke, Schatz.

Ich: Ich finde, es ist wirklich wichtig, dass man nur Sachen macht, die man **WIRKLICH, WIRKLICH** gerne mag, meinst du nicht?

Mama (schaut ein wenig misstrauisch): Ähm … ja?

Ich (murmele diesen Teil ganz leise, in der Hoffnung, dass Mama nicht wirklich hört, was ich sage, und einfach „Ja, Liebes" antwortet, um höflich zu sein. Und wir dann sofort das Thema wechseln und zum Beispiel über das Wetter in ~~Uhz~~ Usbekistan oder den Preis von Äpfeln oder so reden):

Wchmmmmdnballettmnnnnwwwwwmnturnenchnnnnmmmmwwnmnd.

Papa: Sprich lauter, Ell Pell, wir verstehen dich nicht.

Mama: Und hör bitte auf zu murmeln.

Ich (etwas lauter und nicht

gemurmelt): Darum möchte ich mit Ballett aufhören und stattdessen turnen.

Mama und Papa (gleichzeitig):

Ich werde alles andere, was sie gesagt haben, nicht aufschreiben, liebes Tagebuch, weil ich zu bestürzt darüber bin (mal wieder), und außerdem wird mein Arm von dem vielen Schreiben müde.

Aber die Kurzfassung ist:

Nein, geht nicht.

Montag, etwa eine Stunde später (es ist schwer, die Zeit genau ~~einzusche~~ einzuschätzen, wenn eine nahe Verwandte gerade deine Träume zerstört hat)

Ich fühle mich jetzt ein bisschen besser und werde mehr über unsere ~~Konf Konwer~~, was beim Abendessen passiert ist, schreiben. Obwohl ich mir nicht 100%ig sicher bin, dass mein Arm schon wieder kräftig genug ist, um alles aufzuschreiben. Deshalb werde ich es in Stichpunkten machen, wie es uns meine ausgezeichnete Lehrerin Frau Weiss ~~gelä~~ beigebracht hat, wenn wir unsere Schulprojekte planen.

Gründe warum MAMA UND PAPA (aber vor allem MAMA) MICH nicht VON Ballett ZU TURNEN WECHSELN LASSEN:

★ ~~Weil sie gemein sind.~~

♡ Weil sie glauben, dass ich nur wegen Zoe wechseln will. (Okay, der Teil stimmt ein wenig.)

✿ Weil Mama sagt, dass sie weiß, wie toll ich Ballett wirklich finde, und ich gerade nur wegen der Steintanzkrise sauer bin und es später bereuen* werde, dass ich Ballett aufgegeben habe. (Das stimmt auch ein wenig.)

Weil Mama meint, dass sie gerade erst „gutes Geld" für neue Ballettsachen ausgegeben hat und sie das nicht gern umsonst gemacht hat.

Weil Mama sagt, dass ich mich Madame Frei gegenüber schon „verpflichtet" ** habe, ihr dabei zu helfen, die Ballettknirpse zu unterrichten, und Verpflichtungen muss man einhalten, vor allem da ich doch so „verantwortungsbewusst" bin. (Na schön, daran bin ich selber schuld.)

Es sieht nicht gut aus, Tagebuch, aber ich werde meinen Traum, eine großartige Turnerin wie Penny zu werden, NIE AUFGEBEN.

* Wenn man etwas getan hat, das man nicht tun sollte, und man kapiert, dass es ein GROSSER FEHLER war, „bereut" man es. Zum Beispiel als unser Hund Bob ALLE Kekse fraß, die Mama gerade für das Schulfest gebacken hatte, und daraufhin tagelang Bauchschmerzen hatte und ununterbrochen pupste. Ich wette, dass er das WIRKLICH „bereut".

** Eine Verpflichtung ist, wenn man verspricht, dass man etwas tun wird – eine Art Großes Indianerehrenwort. Wie als Zoe und ich uns verpflichtet haben, bis in alle Ewigkeit die besten Freundinnen zu sein, sogar wenn eine von uns an einen super weit entfernten

Ort ziehen muss, wie zum Beispiel auf die andere Seite der Eisenbahnlinie.

Montag, etwa zwei Stunden später

Ich habe Mama gerade noch mal gefragt, und sie hat geseufzt und gesagt: „Geh ins Bett, Ella, wir reden morgen früh darüber."

Glaubst du, das bedeutet, dass sie ihre Meinung geändert hat???

Dienstagmorgen, vor der Schule

Ich habe Mama gerade noch mal gefragt. Die Antwort ist immer noch Nein.

Dienstagmorgen, kurz bevor ich das Haus verlasse, um zur Schule zu gehen

Immer noch Nein.

Dienstagmorgen, kurz nachdem ich zurückgekommen bin und so getan habe, als hätte ich mein Gedichtheft vergessen

Immer noch Nein.

Dienstagnachmittag, etwa fünf Minuten, nachdem ich durch die Tür mit einem Strauß Blumen gekommen bin, die ich in Mr Supramaniams Garten gepflückt habe (nur die, die durch den Zaun auf den „öffentlichen Bereich" hingen, es gilt also nicht als Stehlen)

Immer noch Nein. Aber ich glaube, dass sie anfängt, weich zu werden, nur ein ganz kleines Bisschen.

Dienstagabend, super, super spät

Ich stand auf, um mir ein Glas Wasser zu holen, und als ich aus Versehen absichtlich am Wohnzimmer ~~vorbeischlich~~ ging, wo Mama und Papa gerade fernsahen, hörte ich sie meinen Namen sagen und dann diese Worte:

Glaubst du, das bedeutet, dass sie mich gehen lassen werden???

Mittwochmorgen, vor der Schule

Mama sagt, ich kann mit Zoe zu Twisters gehen!!!! Aber nur probeweise. (Wie ich herausgefunden habe, bedeutet das nur dieses eine Mal, und wenn ich – oder Mama und Papa - beschließen, dass es nicht 100%ig das Richtige für mich ist, dann muss ich für immer und ewig zurück zu Ballett gehen.)

Und wenn ich nach der Probestunde immer noch turnen will, muss ich trotzdem samstagmorgens weiter zu Ballett gehen, bis die Ballettaufführung vorbei ist, damit ich meine „Verpflichtung" Madame Frei gegenüber, den Ballettknirpsen den Häschentanz beizubringen, einhalten kann.

Und ich muss meine Ballettsachen zum Turnunterricht anziehen, sogar wenn andere Mädchen denken, ich wäre unmodisch mit meinem hellrosa Body und hautfarbenen Strumpfhosen, während sie superschicke aquamarine/hellgrüne/pinke/mitternachts-blaue* Turnanzüge tragen mit Kontraststreifen und passenden Haargummis.

Aber na und?! ICH GEHE ZU TWISTERS!

*such dir was aus

Mittwochabend, kurz bevor das Licht ausgeht

Allerliebstes Tagebuch,

ich war bei Twisters! Und es war fanTAS-Tisch!!! So anders als der Ballettunterricht.

Unterschiede ZWISCHEN TWISTERS und L.M.F.E.D.B.

TWISTERS	L.M.F.E.D.B.
Schimmerndes NEU Gebäude, in dem alles neu ist und glänzt	Stinkender alter Pfadfinderraum mit Jungsbazillen und zerkauten Kaugummis unter den Stühlen

Coole junge Trainer, die man beim Vornamen nennen darf, unglaublich gelenkig sind und einem tolle Sachen wie Flickflacks beibringen	Madame Frei, die dieselben Schritte seit der Zeit der Dinosaurier (den richtig alten) unterrichtet
LAUTE Musik aus großen Lautsprechern, bei denen man sich nur noch **BEWEGEN. BEWEGEN. BEWEGEN** will	Klimpernde Klaviermusik von Frau Radinsky, bei der man nur noch einschlafen will
Absolut fantastische Turngeräte wie der Schwebebalken und das Sprungbrett	KEINE Geräte, wenn man die langweilige Holzstange nicht mitzählt (was ich nicht tue)

Und rate mal? (Da kommst du nie drauf, Tagebuch, weil du nicht da warst, deshalb erzähl ich's dir einfach.)

Man darf den Hintern rausstrecken. Sie **ERMUTIGEN** einen sogar dazu. Carla würde es hier **TOLL FINDEN!!**

Zoe führte mich zum Aufwärmbereich, wo sich alle dehnten. Genau wie wir es beim Ballett tun!

Und dann machten wir ein paar Übungen, um Beine und Arme zu stärken, damit wir die verschiedenen Turnfiguren richtig ausführen können. Auch genau wie beim Ballett!

Matty (unser Trainer) sagte mir, dass ich mich für eine Anfängerin wirklich gut dehnen könnte. Und dann fragte er mich, ob ich schon mal Ballett gemacht hätte. Ich konnte sehen, wie Penny mithörte und diesen total hochnäsigen, unbescheidenen Ausdruck im Gesicht hatte. Deshalb sagte ich zu Matty: „Nein, ich habe einfach ein natürliches Talent."

(Aber als Penny wegging, erklärte ich ihm, dass es nur ein Witz war.)

Ha! Das wird der guten alten Prinzessin Penny eine Lehre sein, sich nicht mit MIR anzulegen.

Doch das Beste am Turnunterricht sind die verschiedenen Sprünge. Wenn wir beim Ballett Grands jetés machen, springen wir allein mit der Kraft unseres Körpers in die Höhe. Aber beim Turnen benutzen wir ein Sprungbrett als Hilfsmittel. Damit konnte ich HÖHER und WEITER springen und LÄNGER in der Luft bleiben. Es war, als würde ich

FLIEGEN

Zoe hatte recht. Ballett ist toll und so, aber Turnen ist großartig. Und macht auf jeden Fall MEHR SPASS!

Ich werde AUF JEDEN FALL MIT SICHERHEIT nächste Woche wiederkommen.

Samstagnachmittag

Liebstes, allerbestes Tagebuch,

es tut mir leid, dass ich ein paar Tage lang nicht geschrieben habe, aber ich hatte SUPER, SUPER, SUPER viel zu tun.

Jetzt wo ich Mamas und Papas „Probeweise-Test“ bestanden habe, darf ich weiter mittwochs mit Zoe zu Twisters gehen.

JUHU! Auch wenn ich meinen rosa Body tragen muss, ist es gar nicht so schlimm, vor allem, weil Oma Betty mir geholfen hat, ihn ein wenig mit glitzernden blauen Pailletten und einem lila Zick-Zack-Blitz auf der linken Schulter aufzupeppen. Er ist jetzt nicht mehr super, super, super schlicht, sondern wuhuu!

Jeden Tag nach der Schule mache ich ZWEI verschiedene Arten von Übungen. Meine Ballettdehnübungen UND meine Turndehnübungen. Oma Betty sagt, ich wäre bald so dehnbar und gelenkig, dass sie mich DAS MENSCHLICHE GUMMIBAND nennen werden.

Danach gebe ich Olivia und Matilda eine kurze Ballettstunde in meinem Zimmer.

Denn weißt du was? In den letzten beiden Wochen habe ich drei Sachen herausgefunden:

1. Olivia und Matilda sind eigentlich ziemlich gut in Ballett. Sie haben sogar heute bei Madame Freis École du Ballet angefangen! Und weil sie schon alle Schritte kennen, werden sie nächstes Wochenende als flauschige Häschen in der Ballettaufführung von „Der verwunschene Wald" auftreten!

2. Es hat mir Spaß gemacht, sie zu unterrichten. Wirklich. Ich weiß, schwer zu glauben, was? Ich, Ella, hatte Spaß dabei, mit meiner kleinen Schwester Olivia, der Schnüfflerin des Jahrhunderts, abzuhängen. (Verrat ihr das bloß nicht. Und wenn sie dazu etwas erwähnt, werde ich **MIT SICHERHEIT**

WISSEN, dass sie in meinem Zimmer herumgeschnüffelt und dich gelesen hat.)

3 Und weißt du noch was? Es hat mir auch Spaß gemacht, Madame Frei dabei zu helfen, die Ballettknirpse zu unterrichten. Sie sehen alle so süß aus in ihren winzig kleinen rosa Bodys und gerüschten Tutus, und wenn sie zu mir kommen, um mich ganz fest zu drücken oder meine Hand zu halten, stört es mich nicht mal (obwohl ihre Hände immer TOTAL klebrig sind. Äääärks.)

Muss jetzt los, Tagebuch. Zoe kommt bald, um mir zu zeigen, was ich heute Morgen verpasst habe, und dann üben wir zusammen. Unsere Gruppe fängt nächste Woche bei Twisters mit Flickflacks an, und ich muss bereit sein – ICH KANN'S NICHT ERWARTEN!

Bis später, liebes Tagebuch.

PS (eine Woche später)

Ich bin gerade von der Ballettaufführung von „Der Verwunschene Wald" nach Hause gekommen.

Es war fanTASTisch!

Mama und Papa haben Eintrittskarten für sich, Max und Oma Betty gekauft. Aber weil ich als offizielle Helferin im Programm stand, kam ich umsonst rein. Und wir hatten alle Plätze in der

ERSTE REIHE!

Madame Frei und ein paar der Eltern, die gerne basteln, hatten ~~Stunden~~ Minuten damit verbracht, die Bühne zu schmücken, damit sie wie ein echter verwunschener Wald aussah, mit ausgeschnittenen Bäumen, deren knorrige Äste sich wie Hexenhände ausstreckten, Papierblumen und Fliegenpilzen, die an die Rückwand getackert waren, und einem riesigen Pappmond, der im riesigen Papphimmel leuchtete.

Die ersten Tänzerinnen auf der Bühne waren meine Ballettknirpse, die den Tanz der Häschen aufführten. Sie sahen alle so süß aus (sogar Olivia) mit ihren flauschigen wackelnden Schwänzchen (obwohl zwei von ihnen die Schritte vergaßen und eine Weile einfach ziellos auf der Bühne umherirrten). Ich war super, super stolz auf sie alle, als wäre ich ihre Mama oder so.

Und dann traten Carla, Fifi, Daisy, und Cordelia auf (die meinen Platz eingenommen hatte, nachdem ich ausgestiegen war), um den Tanz der Steine aufzuführen. Sie waren alle total lustig, und das ganze Publikum lachte. (Ich bin mir aber nicht 100%ig sicher, dass das wirklich komisch sein sollte. Aber, na ja.)

Doch in Wahrheit warteten ALLE drauf, die Stars des Balletts, Esther und Don Tey, bei ihrem Pas de deux zu sehen. Madame Frei hatte Don Tey wohl Privatstunden gegeben oder so, denn er tanzte echt gut.

Bis er Esther hochheben und herumwirbeln musste.

Und er sich in ihrem fliegenden Kleid verhedderte.

Und sie fallen ließ.

Und sie mit dem ~~Krane~~ Krankenwagen ins Krankenhaus gefahren werden musste.

Puh.
Das hätte ich sein können. Ich wusste, dass es einen guten Grund gab, vom Ballett zum Turnen zu wechseln! ☺

Ich drück dich!

PPS (zwei Wochen später)

Falls du dich das gefragt hast: Esther geht es gut. Im Großen und Ganzen. Sie hat einen GROSSEN blauen Fleck auf der Hüfte, wo sie auf den Boden geknallt ist, und einen gebrochenen Zeh. Alle wollten ihren Namen auf den Gips schreiben. Und sie bekam eine Menge Karten und Blumen, genau wie Madame Frei am Ende der Ballettaufführung.

Ich habe Madame Frei diese Karte gebastelt, um ihr dafür zu danken, dass sie so eine tolle Ballettlehrerin ist.

Madame Frei
Sie sind eine Süße
Und haben winzige
Ballettfüße
Mit Ihnen ist Ballett
echt toll
Sie sind und bleiben
wundervoll!

Alles Liebe,
Ella

Ich glaube, ich möchte ihr weiter dabei helfen, die Ballettknirpse zu unterrichten. Aber ich werde **AUF JEDEN FALL** weiter zu Twisters gehen. Ich finde Turnen toll – vor allem, wenn ich mit meiner **ALLERBESTEN FREUNDIN** hingehen kann!

Bis bald, Tagebuch. Ich übe jetzt mit Zoe Flickflacks im Garten. Dann schauen wir uns das Video an, das Matty ihr über berühmte Turnerinnen bei den **Olympischen Spielen** geliehen hat. Er glaubt, dass wir beide schon bald für Wettbewerbe trainieren können. Wer weiß? Vielleicht nehmen wir auch irgendwann an den Olympischen Spielen teil!!!

Alles Liebe,
Ella

Schokoladen-
KUCHEN
ICH
1

Schreibe dein eigenes **Bildgedicht** innerhalb des Rahmens:

Und jetzt schreibe noch ein Bildgedicht und schmücke es aus!

Meredith Costain wuchs auf einem Milchbauernhof im Südosten Australiens auf, las aber viel lieber Bücher und dachte sich Geschichten aus, als die Kühe zu melken. Inzwischen arbeitet sie als erfolgreiche Kinderbuchautorin und hat schon unzählige Bücher veröffentlicht.

Danielle McDonald liebt es, mit Farben und Pinsel zu hantieren und sich witzige Charaktere auszudenken. Sie arbeitet als Kinderbuchillustratorin und Designerin und lebt mit ihrer Familie im Südosten Australiens.

Ellas Welt steht Kopf!

Meredith Costain / Danielle McDonald
ELLAS WELT - DAS VERFLIXTE NEUE SCHULJAHR
Aus dem australischen Englisch von Ann Lecker
128 Seiten mit zahlreichen Abbildungen
ISBN 978-3-414-82476-9

Das neue Schuljahr steht bevor! Ella kann es kaum erwarten, ihre Freunde wiederzusehen und die neue Klassenlehrerin kennenzulernen. Doch schon in der ersten Schulstunde ist alle Freude dahin. Denn Ellas beste Freundin Zoe taucht nicht auf, und so setzt sich ausgerechnet Penny Parker neben sie – das Mädchen, das ständig für Ärger sorgt und Ella ohnehin schon auf dem Kieker hat. Wo bleibt die beste Freundin, wenn man sie braucht? Das kann ja heiter werden …

Schokoladen Kuchen!
(Mjam mjam!)
zoe
Beste Freundin
Feen KÖNIGIN
Flickflack